Si llevas un ratón al cine

Si llevas un

POR Laura Numeroff

ILUSTRADO POR Felicia Bond

TRADUCIDO POR Teresa Mlawer

 A Laura Geringer Book

An Imprint of HarperCollins*Publishers*

ratón al cine

Rayo is an imprint of HarperCollins Publishers, Inc.

If You Take a Mouse to the Movies
Text copyright © 2000 by Laura Numeroff
Illustrations copyright © 2000 by Felicia Bond
Translation copyright © 2001 by
HarperCollins Publishers, Inc.
Printed in the U.S.A. All rights reserved.
www.harperchildrens.com
Library of Congress Cataloging-in-Publication Data
Numeroff, Laura Joffe.
[If you take a mouse to the movies. Spanish]
Si llevas un ratón al cine / por Laura Numeroff;
ilustrado por Felicia Bond ; traducido por
Teresa Mlawer.
p.   cm.   "A Laura Geringer book."
ISBN 0-06-623802-1
[1. Mice—Fiction. 2. Christmas—Fiction. 3. Spanish
language materials.] I. Bond, Felicia, ill.
II. Mlawer, Teresa. III. Title.
PZ73 .N873 2001   2001016848   [E]—dc21
1 2 3 4 5 6 7 8 9 10 ❖ First Edition

NOW SHOWING

Si llevas un ratón al cine,

te pedirá palomitas de maíz.

Cuando le des las palomitas de maíz,

querrá hacer con ellas una guirnalda.

Y después querrá colgarla en un árbol de Navidad.

Tendrás que comprarle uno.

De camino a casa, si ve el muñeco
de nieve en el jardín del vecino,
querrá hacer uno también.

Y para la nariz, necesitará una zanahoria.

Una vez que haya terminado,
querrá construir un fuerte y te pedirá que lo ayudes.

Luego querrá hacer bolas
de nieve y jugar a lanzarlas.

Después de jugar tanto tiempo fuera, le entrará frío.
Querrá entrar en casa y acurrucarse en el sofá.

Te pedirá una manta.

Una vez que se sienta cómodo y calentito,
le gustará escuchar villancicos.

Y tendrás que ponerle la radio.

Es posible que empiece a cantar.

Los villancicos le recordarán el árbol de Navidad,
y querrá hacer adornos para decorarlo.

Le darás papel y pegamento.

Tambien te pedirá escarcha.

Y cuando los adornos estén listos,

los colocará uno a uno.

Entonces, contemplará
orgulloso su árbol.

¡Y se dará cuenta de que le falta la guirnalda!

Y querrá hacer otra.

Entonces te pedirá palomitas de maíz.

Y es casi seguro
que si le das las palomitas de maíz,

querrá que lo lleves al cine.